A ta place, ce cul, je voudrais l'installer sur un trône.
Tu pourrais augmenter indéfiniment tes richesses, manger
fort souvent de l'andouille et rouler carrosse par les rues.

Alfred Jarry, Ubu Roi.

DU MÊME AUTEUR

Livres photo :

Bretagne Sud, presqu' Île de Quiberon, BoD, 2017.
Le potager de Suzanne, BoD, 2017.
Balade sur la Côte d'Émeraude, BoD, 2017,
Les doris sur la Rance, BoD, 2017.
Les grands voiliers au Havre, BoD, 2017.
Le Pibroc'h de Cancale, BoD, 2017.
La marine fluviale à Orléans, BoD, 2017.
Une bisquine à Cancale, BoD, 2017.
Vivre à Mayenne, BoD, 2017.
Laval, le jour et la nuit, BoD, 2017.
L' âme des arbres, BoD, 2018.

Nouvelles :

Le cabinet noir de River City, BoD, 2018.
Un corbeau plane sur la ville, BoD, 2018.

La lecture des nouvelles précédentes : *Le cabinet noir de River City* (BoD, janvier 2018) et *Un corbeau plane sur la ville* (BoD, mars 2018) est pertinente pour une meilleure approche de cette nouvelle.

Insurrection à River City

Nouvelle

C'était une libre-fille et ils étaient, eux, de véritables hommes, maîtres de la création. Mais elle réussit à les tromper et elle gagna. Cela ne s'était jamais produit auparavant et cela ne se reproduirait certainement plus, mais elle réussit.

Cordwainer Smith, Les Seigneurs de l'Instrumentalité.

Je traversais le pont du Nouveau Monde, dans la bonne direction, celle du Vrai Monde, le faux monde était dans mon dos avec la tour des despotes, la tour du Consortium, le monde des fourbes, des carriéristes, des démagogues, des piétineurs de précaires, des marchands de grimaces, des cireurs de pompes, des planteurs de couteaux dans le dos, des abonnés cravatés au nouvel ordre néo-libéral, des experts dans le mépris envers les plus démunis.

Dans la tête la voix de Tessa Murray, la chanteuse du groupe dream pop Still Corners, le titre Black Lagoon, ambiance surnaturelle, quelque chose de presque indéfinissable, tout comme l'espace autour de moi.

L'automne était plus que frais en cette fin de journée, mon écharpe n'était pas en trop ; j'aperçus la silhouette de Miss Lyne, un visage proche de celui de l'actrice Carey Lowell, une démarche toujours aussi fluide, elle donnait l'impression de marcher comme un fantôme dans cette légère brume qui flottait sur la ville, atmosphère vaporeuse à la Turner qui l' enveloppait délicatement et lui donnait une dimension de mystère teintée de mélancolie. Elle rentrait chez elle dans sa forteresse, une grande maison bourgeoise qu' elle avait achetée début des années 2000. Je la laissais disparaître, je n'existais plus pour elle, quand je la croisais en journée, elle en était au stade de regarder ses pieds pour éviter mon regard, attitude inhumaine, esprit devenu inféodé à l'entre-soi du microcosme de la petite bourgeoisie locale.

Une vibration dans ma poche, un appel d'Éléo, son périple sur une île au sud de la Norstralie se voyait brusquement interrompu. Ayant glissé bêtement en bordure d'une falaise elle se retrouvait sur une plage de sable blanc avec une bonne entorse au pied droit, à la merci de la marée montante. Les secours locaux, trop éloignés de l'île n'interviendraient jamais à temps.

Les paysages de la forêt primaire qui lui offraient un décor sauvage et somptueux et qui lui donnait l'impression d'être dans un roman amérindien de Chateaubriand, n'étaient plus qu'un souvenir, elle était là sur cette plage à l'autre bout du monde, avec comme infini la ligne d'horizon dessiné par les flots, là, où s'affronte et se mélange l'océan Atlantique et l'océan Indien. J'avais le pressentiment, une fois de plus, de saisir un tant soit peu la raison de ma présence sur cette planète, Éléo, je l'avais sauvé d'une noyade dans une rivière au pays du Bosc, et maintenant elle se trouvait de l'autre côté de la Terre avec une simple entorse, alors qu'au cours de ses périples précédents elle avait réussi à échapper à des trafiquants de drogue et à des animaux affamés.

Vu le peu de temps donné par la marée une solution s'imposait d'emblée : le Floppeur ! C'était le seul engin existant permettant de la récupérer rapidement. Son système de propulsion à plasma lui permettait d'atteindre la vitesse supraluminique et de glisser d'une planète à l'autre. A vitesse basique pour une intervention en restant au niveau de la planète, avec ce vaisseau, en deux ou trois heures c'était réglé. Rejoindre l'espace et se mettre en orbite à 80 km/seconde, se positionner au bon endroit et redescendre à l'endroit précis de son accident.

Le Floppeur était à l'abri dans un immense hangar en bordure de l'ancienne ligne River City - Loloplaza, dans un état intact, il n'avait jamais servi. Mon pote Phil qui travaillait toujours à la Tour du Consortium pouvait se procurer le code pour ouvrir le hangar et le mode d'emploi de l'engin. D'après ce que j'avais lu sur le net, son maniement était d'une grande simplicité en pilotage automatique pour un déplacement autour de la Terre, il suffisait de rentrer des données GPS. Quant le hangar avait été ouvert au public le temps d'une journée, j'avais remarqué que ses propulseurs à plasma étaient installés et fonctionnels. Pas de temps à perdre, Phil était déjà sur le coup suite à mon coup de fil.

A peine quelques toiles d'araignée et un peu de poussière, le Floppeur était toujours flambant neuf, il allait enfin servir ! Décollage à la verticale après ouverture du toit du hangar, ascension jusqu'à 32 000 pieds, ensuite pleine puissance pour entrer dans l'espace afin de se mettre en orbite à plus de 400 km d'altitude. Tout était simple avec le pilote automatique qui avait digéré les données d'Éléo via l'aide de Phil, l'engin se déplaçait à une vitesse folle tout en nous assurant un certain confort.

Le spectacle de la Terre relevait du sublime, malgré toutes les pollutions des industries, les guerres, les déforestations et autres mauvais coups, la planète avait encore belle allure, notamment avec les lumières des aurores boréales. *Des flammes vertes qui semblent danser à la surface de la Terre,* comme l'avait tweeté Thomas Pesquet lors de son voyage au long cours avec l'International Space Station en avril 2017 .

Au bout d'un moment, le vaisseau changea d'orbite progressivement pour sortir de l'espace et se mis à voler comme un Airbus à une vitesse de 900 km/h. La Norstralie apparue, puis l'île d'Éléo, une magnifique plage de sable blanc devant nous, le Floppeur termina sa course sans encombre à moins de cent mètres de notre aventurière.

L'impression d'être dans un film de James Bond avec Ursula Andress et Sean Connery. En fait d'Ursula Andress, notre héroïne ressemblait plutôt à Nathalie Portman , avec son visage d'où émanaient à la fois une grande détermination et une douce humanité, le tout arrimé à un sourire désarmant. Même avec les cheveux sales, le visage fatigué et un pied en berne, Éléo était souriante et détendue, la marée n' était pas encore remontée au niveau de la falaise et le soleil réchauffait son corps.

    – *Salut Joe French ! Ravie de te voir ! Pas mal ton aéronef !*

    – *C'est sa première sortie ! Çà fonctionne ! Un coup de champ Éléo ?*

    – *Oh yes, yes ! Et pour le retour y reste du gasoil ?*

    – *No problemo ! On a de la réserve ! L'engin utilise*

un système anti-gravitationnel pour atteindre l'espace, et une fois en orbite on fonctionne principalement avec une technologie de plasma et de vide quantique.

— Vingt dieux !

Le monde dans sa version originelle nous appartenait, végétation luxuriante, sable blanc, océan à nos pieds, légère brise iodée. Étions-nous toujours sur Terre ? Cette Terre dévastée par le changement climatique et par une multitude de zones de conflits.

Curieusement un passage de *Sophie, la mer et la nuit*, le roman de Jacques Sternberg, me venait à l'esprit :

Maintenant que son étrangeté m'apparaissait vraiment logique, vraiment irréfutable, je comprenais simplement pourquoi j'avais pressenti, dès le premier jour, qu'avec Sophie tout pouvait arriver, tout devrait être normal, plausible, même l'incroyable.

L'incroyable avec Éléo devenait quelque chose à notre portée,   après être passé,   comme en photographie argentique, par des moments de révélation, nous pouvions en fin de processus maîtriser le réel en connivence, le tout dans une sorte de glissement progressif vers une certaine volupté, celle à la fois de la peur de l'inconnu, du vide sidéral et celle de la plénitude, Embrasement des neurones : pleine conscience de notre finitude et de nos forces. Nous étions passés au-delà d'une relation sentimentale, à un stade solaire de compréhension tacite . Sans doute avions-nous un pacte secret dont les clauses nous échappaient, sans doute étaient-elles enfouies dans les strates anciennes de nos cerveaux. Dans un subconscient au-delà de l'humain ?

On le sentait bien, nous n'étions pas dans la volonté de puissance nietzschéenne, nous n'étions pas dans l'animalité et la brutalité, pas dans les coups tordus qui régissent les rapports entre les Terriens. Peut-être était-ce notre maîtrise de la technologie et notre connaissance de la nature dans sa pleine sauvagerie qui nous permettaient de ne plus être au stade reptilien, de ne plus être dans la violence propre aux humains, mais plutôt dans une énergie cosmique, une force que nous ressentions sans parvenir à en définir les contours.

Il était temps de partir, la marée s'approchait du vaisseau. Rétro-boosters à fonds, décollage vertical, retour dans l'espace. Champagne et musique avec le titre Set Adrift on Memory Bliss du groupe de hip-hop américain PM Dawn, un titre dingue et planant d'octobre 1991, composé entre autres des samples du titre True de Spandau Ballet, nous étions dans un autre monde...

Éléo avait le don inné de découvrir les endroits les plus intimes de la planète, la planète bleue dans son essence. Ma question de type existentielle avait peut-être sa réponse, ma mission sur cette Terre : sauvegarder un être d'exception ? Un être qui nous montrait notre monde tel qu'il était encore avant les dérèglements provoqués par les oligarchies de la finance et de la vente d'armes. D'une certaine façon, il était normal qu'un tel être puisse se déplacer à la vitesse de la lumière, voire même, à une vitesse supraluminique. J'étais son conducteur, son pilote, sa dimension instrumentale.

Pour le retour, on disposait d'un peu plus de temps. Cet

astronef était en mesure d'emprunter des passerelles temporelles et de rejoindre d'autres galaxies. Toutefois, nous allions nous contenter d'un tour de la planète en vitesse standard. Nous étions maintenant au-dessus de l'Europe qui baignait dans la nuit avec un clair obscur composé par les lumières des villes et des autoroutes. Re descente dans l'atmosphère terrestre, nous allions atterrir en plein bosc, dans la campagne profonde, l'urgence, c'était le pied d'Éléo, je connaissais un rebouteux qui pouvait régler ce problème.

Atterrissage dans une prairie près de sa maison dans un écrin de verdure noyé dans la brume. Il était chez lui devant sa cheminée où brûlait du chêne bien sec, il comprit tout de suite la raison de notre visite quand il aperçu Éléo accoudé à mon épaule et marchant sur un pied. Assis sur sa chaise, il plaça ses deux mains a quelques millimètres de la cheville foulée, ses lèvres bougeaient sans émettre le moindre son, tout était silencieux mis à part le crépitement du bois. Cela dura cinq minutes qui nous semblèrent un temps infini. Il se mit à parler, il avait l'air vide de forces, il précisa à Éléo qu'elle allait ressentir de la chaleur au niveau de son pied durant deux jours et lui conseilla de rester au lit. Il ne voulait pas d'argent, il ne faisait que faire profiter les gens du don que lui avait transmis son père. Je lui achetais une bouteille de gnaule de contrebande.

Dehors, au-dessus du Floppeur, une pluie de météores géminiques zébrait le ciel, la galaxie laissait entrevoir, au sein des nuages interstellaires, les constellations d'Orion, l'étoile Procyon, Sirius... Et dire que le Floppeur pouvait nous y emmener !

Le vaisseau était de nouveau bien à l'abri dans son hangar en dehors de la ville, ce qui m'intriguait, c'était la facilité avec laquelle j'avais piloté ce vaisseau, étrange sensation de l'avoir déjà eu entre les mains dans une vie antérieure.

A l'entrée de la ville les pancartes de pub avaient disparu, sans doute une décision bien publiphobe des Ordonnateurs, abonnés à la très sainte religion éco-participative. Ces pancartes en fait ne gênait rien, pas le moindre bâtiment classé, juste un paysage bien dégueu d'entrée de ville, paysage ouvertement et très visiblement laid maintenant que le jeu des couleurs des pancartes n'était plus là !

En ville, également, les espaces d'affichage ouverts au public avaient disparues, décidément, une opération de nettoyage avait été déclenchée. Il ne restait plus que l'affichage officiel, style panneaux vitrés et cadenassés à la Dekaux, panneaux réservés à la culture officielle.

Une culture bien encadrée, bien lisse, la culture de la petite bourgeoisie en place. Une culture programmée, celle de la consommation culturelle, occuper les esprits, absorber le temps libre des gens, leur faire accepter les factures de la multinationale de la flotte et autres joyeusetés qui pourrissent la vie.

Ces messieurs-dames, bien comme il faut, étaient publiphobes puissance deux, rejet de la pub commerciale et rejet de l'expression directe des gens de la rue, rejet de la publicité comme expression des gens sur l'espace public. La pensée de palais plutôt que la pensée de la place publique. La pensée de palais avec Wellwaxed en haut de la pyramide et surtout pas la pensée horizontale de la place publique, pensée incontrôlable et dangereuse pour les parvenus.

Avec leurs panneaux cadenassés de la culture officielle, les Ordonnateurs mettaient fin au principe de contrôle du public, principe qui autrefois avait permis de mettre un terme à la pratique du secret propre à l'État absolu. Sans ce contrôle, de nouveau la porte à une nouvelle forme de despotisme diffus et caché s'entrouvrait via le prisme de la culture, la culture comme appareil idéologique, comme le disait dans les années 70 les curés marxistes, appareil idéologique avec sa seigneurie Wellwaxed aux manettes en background.

Terminé cette possibilité dans la sphère publique d'un espace d'expression qui permettait une éventuelle médiation entre la société et le pouvoir en place, l'opinion publique perdait là une possibilité de s'en prendre à la domination institutionnelle des bien-pensants, plus préoccupée de leurs carrières que de la bonne santé du peuple. Leurs panneaux cadenassés permettaient de cadenasser le développement des discussions publiques sans le moindre filtre, portant sur des sujets comme la surveillance de la population, la vie de plus en plus chère, la casse des services publics, l'accès aux soins, la précarisation, les taxes sur les carburants, le gaz et l'électricité, l'eau...

Dictature soft et diffuse, presque imperceptible, tellement bien installée par petites touches depuis des lustres, dictature BCBG, masquée, lovée dans une pseudo-démocratie, une démocratie soit disant participative, celle qui consiste à faire adhérer les gens au système en place, faire en sorte qu'ils s'y plient de manière inconsciente. Un dictatorium soft, digérable, devenu normal au fil des décennies. Servitude acceptée, ingérée via la com (décorée avec des visuels volés sur le net), elle-même officielle, autour de cette culture encadrée, prête à consommer, avec la formidable possibilité d'applaudir le produit culturel en fin de consommation.

Comme l'écrivait Aldous Huxley dans *Le Meilleur des mondes* en 1932 :

La dictature parfaite serait une dictature qui aurait les apparences de la démocratie, une prison sans murs dont les prisonniers ne songeraient pas à s'évader. Un système d'esclavage où, grâce à la consommation et au divertissement, les esclaves auraient l'amour de leur servitude...

Une ruse de la raison inattendue allait se produire, un aggiornamento iconoclaste, une poussée explosive, et anarchique à la Alfred Jarry, une dialectique du réel mal polie à souhait, un 1789 post-moderniste, avec comme acteurs des bouteurs de lumières fluorescentes, mettant à bas et ridiculisant cette com bien propre et cadenassée de gens bien propres, bien-pensants, écolos du paraître comme il se doit, ayant les moyens de bouffer bio, de rouler dans des voitures neuves, d'être bien chauffé tout l'hiver, avec retraite assurée, vacances à Pâques, l'été à l'île de Ré, semaine à la montagne.

On se demandait depuis longtemps pourquoi le peuple restait dans la passivité étant donné toutes les saloperies de casse sociale du pouvoir central. Le Haut-Château n'arrêtait pas depuis des années, d'un gouvernement à l'autre, de massacrer le peuple et les plus démunis, avec des mesures antisociales complètement en phase avec les desiderata des oligarques. Le summum fut atteins avec le roi Kron : finalisation de la casse des droits des salariés entamée par Scot, casse du SMIC et du CDI, retour aux 40 heures par semaine, casse de la sécurité sociale, casse des retraites, flicage intensif des chômeurs, suppression des indemnités chômage et des minimas sociaux à tous ceux qui refusaient les boulots de merde complètement sous-payés, surveillance de masse, manipulation communicationnelle à n'en plus finir. Réformer pour les kronistes, voulait dire : casser toutes les avancées sociales acquises au lendemain de la Seconde Guerre Mondiale, et ce, dans l'intérêt des ultras-riches et de la finance spéculative.

Les syndicats continuaient à fonctionner dans la verticalité avec des manifestations éparpillées et décidées au sommet, pratique permettant de phagocyter les mécontentements, de désamorcer la remise en cause de la logique de l'oligarchie, d'instrumentaliser la colère sociale, pour la réduire à une simple revendication salariale dans un cadre de négociation-collaboration avec le pouvoir de casse sociale en place, et dans le même temps pour les décideurs syndicaux en haut de la pyramide à continuer à mener une vie confortable dans de beaux   bureaux et de beaux appartements bien chauffés en plein Paname.   Cette mascarade aurait pu continuer longtemps comme çà, le   peuple se faisait continuellement mépriser par les adeptes de l' oligarchie. Ces messieurs-dames bien comme il faut, qui se plaignait pour certains de ne pouvoir rouler en Porsche malgré leurs gros salaires de planqués, n'avaient aucune retenue par rapport aux petites gens, après l'insulte de leur prédécesseur, avec les *sans dent* , ils en étaient passés aux *fainéants* , aux *illettrés*, à la *peste brune*...

Les petits patrons de PME, les gens modestes, les smicards, les demi-smicards, les intérimaires, les chômeurs, les indépendants, les surexploités du système, tous ces gens se réveillaient socialement. Une énième hausse des carburants avait mis le feu aux poudres, leur média à eux, Fessesbook, se mis en ébullition, éruption solaire contre les taxes en tout genre, contre ces impôts indirects qui frappent les plus fragiles et les envois à la rue. Ils se mirent à occuper les ronds-points équipés de leurs gilets de sécurité, une obligation de l'État devenue un symbole de révolte envers les tapeurs de L'Elyseum.
L' Elyseum était devenue le relais direct des intérêts des boss des multinationales et des gros actionnaires, versement de milliards pour les plus grosses entreprises, suppression de l' impôt sur la fortune des plus fortunés, et comble du comble : une attitude de laisser faire touchant aux fuites des milliards d'euros dans les paradis fiscaux. Même avec la mise à jour de ces fraudes via la grande presse (les Panamas papers, les Paradises papers,

18

Les Lux files, les Cumex files) des centaines de milliards continuaient chaque année à échapper à l'économie réelle, la spéculation avait largement pris le dessus, l'oligarchie financière s'en mettait plein les fouilles sur le dos du peuple, peuple qui en était réduit à vivoter avec des miettes. L'arrogance de cette oligarchie et de leurs serviteurs au pouvoir faisait penser à la phrase faussement attribuée à Marie-Antoinette :

Ils n'ont plus de pain, qu'ils mangent de la brioche !

Ce qui en version contemporaine dans la bouche des kronistes donnait :

S' ils ne peuvent pas faire le plein d'essence, qu'ils se payent une voiture électrique, se déplacent à vélo ou à trottinettes !

Ce réveil du peuple pris forme sur l'espace public, celui des places et des ronds-points, lieux accessibles à tous les citoyens, espace où le public assemblé formule son mécontentement, son opinion, où le peuple peut exercer sa publicité comme moyen de pression envers le pouvoir en place, formulation sur l'espace public d'une parole non aliénée, non encadrée par les syndicats et les pouvoirs en place, le peuple se forge ses propres opinions, développe sa propre puissance critique, c'est le pense par toi-même kantien :

Aie le courage de te servir de ton propre entendement.

Fait usage de ta raison sans te soumettre à une autorité

syndicale, politique ou religieuse. De cette façon, tu pourras sortir du diktat : *obéissez, ne raisonnez pas !* qu'impose subrepticement le pouvoir, pouvoir qui lui-même se couche devant l'oligarchie de la finance.

Avec ce passage à une non-soumission à l'autorité, la liberté d'expression au niveau des slogans pris une dimension iconoclaste, débridée, fleurie et libératrice, de quoi sidéré les serviteurs du système et leur sulfater leurs cerveaux d'entourloupeurs :

La banque gouverne.
Petit monarque roi Kron, desserre l'étau, on étouffe !
Roi Kron : Démission !
On est plus chauds que les lacrymos !
Roi Kron, rends nous notre pognon !
J'accuse ce système qui engraisse les riches et affame les pauvres !
C'est à partir de quand çà ruisselle ?
Assez du racket fiscal, l'écologie à bon dos !
Ma moto suce, les taxes me pompent, l'État m'encule !
Fâchée, mais pas facho.
Roi Kron : rendez l'ISF d'abord !
Pour les riches des couilles en or, pour les pauvres des pâtes encore !
Quand le roi Kron se gratte le fion, il veut notre pognon !
Politiques au SMIC !
Si on avait su qu'on allait se faire baiser par l'Elyseum, on aurait élu Brad Pitt !
Très chers bourgeois, désolé de vous déranger, pourrions nous, tous, toutes, vivre dignement !
Nous aussi, on veut payer l'ISF !
Le peuple cherche gouvernement.

La France, d'en bas contre la France d'en haut !
Taxons les amis du roi Kron les banquiers et les revenus financiers !
Augmenter le RSA !
Rassemblement pour chasser le roi Kron.
Le peuple en a plein le cul, le peuple est dans la rue.
Roi Kron au Pôle emploi !
Avec le roi Kron on l'a dans le cul.
On ne négocie pas avec des menteurs-voleurs !
Braves gens enragez-vous !
Jaune de rage !
Injustice fiscale = colère sociale.
Gilet jaune sans culotte.
Roi Kron RDV à Varennes.
Le peuple veut la chute du régime.
C'est bon maintenant, roi Kron faut rendre les clés !
Roi Kron, Le Peigne, Meulanchon, dégagez tous !
La rage du peuple.
Brûler l'Elyseum.
Roi Kron, si t'es champion, rends-nous tout le pognon !
Marre d'être tondus !
Les taxes : plein le cul !
Gilets jaunes : pas si cons !
Ordonnateurs : vous rendrez des comptes !
Roi Kron : vous devez démissionner, sinon... La Révolution !
Les « sans dents » emmerdent Scott, les « illettrés » emmerdent Kron !
Prendre aux démunis pour donner aux riches = insurrection !
Beau comme une insurrection impure.
...

Le tout, lors des manifestations, lors des balades au centre-ville de Paname, avec un déluge de lacrymogènes, de grenades explosives GLI F4 et autres flash ball tirés sur le peuple, et même sur les journalistes et photographes, déluge d'une violence inouïe arrachant des mains et défigurant des visages. L' État jacobin était devenu un totalitarisme de moins en moins soft, le kronisme montrait son vrai visage, celui d'une élite grossièrement anti-démocratique ne pouvant fonctionner qu'avec des citoyens censés être des gens obéissants, des moutons, des personnes lobotomisées, démocratie en déshérence entre les mains d'une élite décadente préoccupée par l'obtention d'un niveau de vie de jet-setter.

Le peuple des invisibles, devenu le peuple des bouteurs de lumières, était confronté à ce qu' avait déclaré dans les années 90, un esthète machiavélien, ex Ordonnateur suprême de l'Elyseum :

Ils s'en prendront aux retraites, à la santé, à la Sécurité Sociale, car ceux qui possèdent beaucoup veulent toujours posséder plus et les assurances privées attendent de faire main basse sur le pactole. Vous vous battrez le dos au mur.

Avec en plus l'inévitable campagne de dénigrement couplée aux manœuvres de casse orchestrées de commerces, pour discréditer, criminaliser le mouvement, en faisant passer les manifestants pour des gens dangereux, grosse ficelle habituelle des pouvoirs en place, repris en boucle par les médias, dont certains allaient jusqu'à modifier les slogans des banderoles, une chaîne du service public avait cru bon de supprimer le « dégage » du slogan : *Roi Kron dégage*, minable et ridicule ! Sans oublier le cirque habituel de barbouzes déguisés en journalistes ou en casseurs afin de pourrir le mouvement et donner du grain à moudre à l'orthodoxie médiatico-kronienne. Orthodoxie assurée par tous ces chroniqueurs, artistes licencié ès théâtrocratie de palais, habilité dans le déversement in continuum d'une rhétorique aliénante reprise en boucle sur les chaînes en continu.

Le conformisme, la bien-pensance, l'éco-politiquement correct des ordonnateurs était bien servi avec ces slogans, ils en prenaient plein la tronche, notamment ceux qui avaient appelés à mettre au pouvoir le Roi Kron, soit disant ni à droite ni à gauche, avec comme argument la grosse ficelle de la menace de l'ultra droite.

Welwaxed se demandait comment faire face à ce mouvement approuvé par 70 % de la population, lui qui était idéologiquement dans la religion carriériste-notabiliste, dans l'air du temps, celui d'un libéralisme devenu complètement débridé, libéralisme devenu ultra et anti-démocratique, libéralisme répressif qui avait laissé tomber les plus démunis au fil des ans.

Il fallait qu'il trouve quelque chose pour se mettre de nouveau en avant, les médias ne parlait que des manifestants et de leurs jacqueries sauvageonnes non encadrées par les syndicats et les partis politiques. Comment ne plus être effacé par ces gueux en colère, ses *sans-dents* illettrés, ces Gaulois mal fringués et amateurs de saucisses grillées, comment être à nouveau sur le devant de la scène ?

Une fois de plus, j'étais sur le Pont du Nouveau-Monde, dans la direction du monde fréquentable, celle de l'appartement d'Éléo. Invitation pour me remercier de mon sauvetage-pilotage, délicat et voluptueux prétexte pour m'emprisonner toute la nuit entre ses jambes.

Ses longues jambes qui donnaient l'impression que l'équilibre du monde en dépendait. Pour une fois, j'étais non alcoolisé, l'avantage de ne plus fréquenter le poivraud de rédac chef. Son journal à ce con était en déficit ! Son principal annonceur, monsieur Kroll, avait mis la clé sous la porte, dépôt de bilan ! Un fiasco ! Sa boîte de fruits confits était confite. L'alcoolo invétéré, futur ex patron, futur ex rédac chef, allait bientôt en être réduit à fréquenter le Groupe du Réemploiement des Inemployés et à toucher des clopinettes au chomdu, lui, le Kroniste, allait subir les affres des kronistes, ces ultra-libéraux, au service des desiderata des ultra-riches. Ce n'est pas moi qui allais l'aider, cet enfoiré m'avait jeté de son torche-cul, de sa feuille tout juste bonne à éplucher les patates.

Éléo était nue dans son appart, nul doute c'était la plus jolie femme du monde, une beauté non-vénusienne, avec un regard malicieux à la Jean Seberg un sourire désarmant à la Audrey Hepburn, et un cul relevant d'une œuvre d'art en mesure de faire entrer en éruption tous les volcans de la planète. Elle aurait pu cartonner en étant actrice. Son pied avait l'air de bien fonctionner, elle m'offrit un verre de champ. Son éditeur lui avait fait une avance importante pour son prochain livre sur l'île sauvage au sud de la Norstralie. Et ses livres précédents étaient maintenant traduits en quinze langues et diffusés sur une cinquantaine de pays, finances au beau fixe pour des années et des années.

Phil m'avait filé des copies papier d'extraits vidéo provenant de la tour de la CPC, on pouvait y voir Éléo en petite tenue ; je lui avais conseillé il y a quelques temps d'installer un rideau sur la baie vitrée de son appart, elle ne l'avait pas fait. Elle avait beau être au dernier étage, elle n'était pas à l'abri des caméras de la tour du CPC.

— *Il y a également des bandes son, Phil ne peut pas les copier pour l'instant, ils enregistrent les conversations pour repérer les personnes dissidentes et les ficher.*

— *C'est naze le monde de ces gens-là ! Quelle bande de pourris ! Ils se croient tout permis ! Je crois que je vais me casser de cette ville de merde ! Mon avance sur le prochain livre et les droits sur mes livres en cours me permettent de changer d'air, je pense à Paname ! Je te prends avec moi !*

— *Ils vont même jusqu'à repérer les habitudes des dissidents, par exemple faire semblant de faire des courses à la méga surface, le jour et horaire où on fait nos courses, ils se mettent dans nos pattes et nous fixent dans les yeux, avec l'air de nous dire via leur neurones reptiliens : « T'as intérêt à te la fermer, espèce de sale minable de précaire, autrement çà va être ta fête ! » Et j'ai un pote qui habite le Bosc qui s'est fait fliqué par des salariées de sous-ordonnateurs, elles se pointent en voiture devant son adresse et matent avec des regards menaçants, tout çà par ce qu'il s'était permis de remettre en cause une taxation non fondée !*

— *C'est un remake de « La Vie des autres » version dystopique! Cassons-nous de cette nomenklatura orwellienne !*

— *Vu l'absence de débouchés sur le coin pour des types comme moi, pourquoi pas Paname !*

Nuit mouvementée, Éléo s'était décidé à boucher la baie vitrée avec un drap en guise de rideau, il y avait effectivement au sommet de la Tour du CPC des caméras et des antennes directionnelles pour capter les conversations, on voyait la lumière de la pleine lune refléter sur le métal du matos.

Nous en étions à la deuxième bouteille de champ, le PC d'Éléo, branché sur YouTube, se mis à diffusé le titre Drive du groupe US The Cars, version Groovefunkel, remix, avec des notes de piano délicieuses en intro, puis son titre préféré du moment : Open Your Eyes, du duo russe Aurosonic, avec la voix spatiale de Kate Louise Smith en invitée, de la Progressive Trance, une ligne profonde de basses, des percussions et des sonorités mélodiques proches de la House Progressive et une profondeur structurelle comme dans la Trance Psychédélique ; la jeune femme en photo qui assurait le visuel du titre ressemblait étrangement à Éléo, les mêmes traits délicats avec ce côté plein de malice. Éléo s'effondra sur son lit m'entraînant avec elle, la chaleur de son corps m'irradiait, me redonnait des forces, électrisait mes neurones, la musique nous portait, nos corps devinrent à la fois puissants, élastiques et légers, planètes en apesanteur, en fusion, en navigation d'une comète à l'autre, Sagittarius, Proxima du Centaure, années-lumières, passerelles temporelles, trous noirs, ADN dissolu, recomposé, énergie électro-plasmique, vertiges orgasmiques, nouvelles étoiles, êtres solaires de nouveau au monde.

L'éditeur d'Éléo avait fait son boulot au niveau com pour le nouveau livre sur ses aventures en Norstralie, texte mêlant prose et fiction avec en final son sauvetage avec un engin très particulier. Cela donna lieu à de nombreux papiers avec des interviews d'Éléo sur des magazines au papier glacé sur la France et autres pays en Europe, au Canada, aux États-Unis, et bien entendu sur la Norstralie, plus des apparitions sur des chaînes de télé.

Cela donna l'idée, au rédac chef de la feuille de River City de produire lui-même un papier, histoire de se coltiner avec une jolie femme devenue très médiatique. Ce con de rédac chef, inculte et alcoolo invétéré, qui se croyait au centre du monde, ne connaissait pas mes relations avec Éléo. Éléo donna son accord pour une interview.

Le rédac chef avait une nouvelle secrétaire, ex assistante de Kroll, et une journaliste avec le pseudo-statut de correspondante, statut qui veut dire : dans le meilleur cas ma petite, tu seras payée des clopinettes pour ta production, notamment si tu es sympa et compréhensive avec le boss qui connaît tout sur tout et qui te donne la chance de travailler avec lui et la chance de fréquenter les Ordonnateurs pour relayer leur soupe manipulatoire. Le rédac chef lui posa les questions idiotes habituelles, produites par son cerveau sérieusement rouillé par le whisky bas de gamme, Éléo s'était habillée hyper sexy, imprégnée d'un parfum envoûtant, elle se la joua à la Basic Instinct, le rédac chef en était bouche bée, en fin d'interview ce porc alla jusqu'à inviter Éléo au resto pour soit disant mieux peaufiner son papier, Éléo lui répondit qu'elle était très occupée et très prise par les nombreuses demandes de papiers, le rédac chef resta sur sa faim, estomaqué par une femme aussi charmante, une bouteille l'attendait sur son bureau pour s'en remettre.

Suite au papier du rédac chef, Wellwaxed, Ordonnateur Suprême de la Tour du CPC, eut l'idée de mettre à l'honneur Éléo dans son journal, Nouvelles de River City : le journal des Ordonnateurs au service de l' écocitoyenneté et de la démocratie participative ; le côté aura international d Éléo l'intéressait, récupérer cet aura médiatique pour se redorer le blason relevait d'une opportunité à saisir, d'autant qu'il projetait de se présenter aux prochaines Eurokéennes. Avoir un profil qui connaît des célébrités internationales, c'était le bon plan, et en plus ça ne lui coûtait rien, être en photo à côté d'elle dans son journal : de la bonne com pour zéro euro de sa poche. Il l'invita donc à une cérémonie officielle pour lui décerner la médaille de la ville, soirée pince fesses avec tous les planqués et parvenus de River City, petits fours, saumon, caviar, champagne à volonté.

De quoi faire une couv mirobolante pour son journal, lui à côté d'Éléo, peut être même la possibilité de l'embrasser, voire même le champagne aidant...

Éléo accepta l'invitation et décida d'un plan pour se

venger du viol de sa vie privée, faire un scandale de manière à briser définitivement la carrière de Wellwaxed, le réduire en miettes, l'atomiser, lui et toute sa clique de parvenus orwelliens. J'allais lui servir de sous-marin, un sous-marin équipé d'un bon reflex, un sous-marin avec un look de photo-reporter mandaté par l'hebdo Paname Match. Et Phil allait lui servir d'agent spécial pour une opération commando.

Son plan était à la fois simple et diabolique, Éléo avait puisé dans ses neurones les plus reptiliens et ses neurones les plus évolués, neurones terriens, et peut être non-terriens. De plus, sa volonté de rendre des comptes avec le pouvoir en place entrait en phase avec l'insurrection des plus démunis de la société, avec les bouteurs de lumières fluorescentes, le peuple s'était enfin réveillé, après des années dans la léthargie à subir les enfumages des ultra-libéraux, ces serviteurs zélés de l'aristocratie de la finance. Ces messieurs du Haut-Château pensaient qu'il s'agissait seulement d'une révolte passagère, les gueux d'après eux, allait bien finir par se calmer, en fait le vent était plutôt tendance force révolutionnaire, une répétition du 14 juillet 1789 :

— *Mais c'est une révolte ?* (Louis XVI).

— *Non, Sire, c'est une révolution !* (Duc de La Rochefoucauld-Liancourt).

Éléo était habillée d'une robe jaune citron très serrée, moulante au possible, on devinait la moindre courbure de ses formes on ne peut plus sensuelles, architecture charnelle à faire perdre le nord à toute personne en pleine santé, paradis peut être accessible vers des plaisirs hauts en couleurs et vibrations de toutes sortes.

Après son speech de récupération, Wellwaxed proposa à Éléo de prendre la parole ; à peine dit bonjour, Éléo laissa tomber son smartphone, Wellwaxed, voulant se montrer devant la presse l'homme le plus courtois du monde, se courba aussitôt aux pieds d'Éléo pour récupérer l'objet, dans le même temps Éléo se cambra à la même fin, sa robe se déchira ouvrant une vue enchanteresse et pleine de promesses sur sa croupe et son slip jaune qui portait le slogan :

Welwaxed viole nos culs !

Ce même Wellwaxed se retrouva nez à cul avec Éléo, Éléo se cambrant encore plus, c'est son slip qui se déchira, révélant une vallée avec une porte aux étoiles, perspective d'un monde inconnu, potentiellement riche de découvertes sensitives, Wellwaxed en perdit l'équilibre et

31

s'effondra à la renverse, un des ses larbins voulant se précipiter comme un héros, dérapa sur le parquet et termina sa course sur Wellwaxed, la panique était à son comble ; Éléo en profita pour se tirer, je la suivis, au niveau du rédac chef qui était en train de filmer, instinctivement, mon poing gauche parti comme une balle de flash-ball vers sa tronche de cake, il s'étala également sur Wellwaxed, son smartphone lui retomba sur le bide, passant en boucle la scène du slip. Total désastre pour l'opération de com !

Phil de son côté, avait profité de ce pince-fesses pour s'introduire dans l'étage dédié à la surveillance, au dernier étage de la Tour du CPC. Il installa des fusées de feu d'artifice sur le toit, là où se trouvait le matos de surveillance, les caméras et les antennes. Ensuite, il balança un virus dans l'ordinateur central pour reprogrammer les drones de surveillance et leur donner comme cible les caméras, afin qu'ils s' écrasent dessus à pleine vitesse.
Des minies explosions partirent en chaîne et un feu d'artifice se déclencha, le sommet de la tour s'embrasa illuminant le centre-ville de River City plongé dans la nuit ; embrasement genre Zabriskie Point, *beau comme une insurrection impure.* Mise à bas spectaculaire de tout un système dictatorial, ce *Brave New World* vendu comme normal pour assurer soit disant la sécurité des citoyens.

Fuochi d'artificio straordinari, belli come un'insurrezione impura !

Ce qui fait la nuit en nous peut laisser en nous les étoiles . Victor Hugo.

Les Seigneurs de l'Instrumentalité, Cordwainer Smith.
Éditions Mnémoss, 2018 (Réédition).

La vérité avant-dernière, Philip K. Dick. Robert Laffont,
1974.

Aldous Huxley, Le meilleur des mondes (1932). Pocket,
2017.

Emmanuel Kant, Qu'est-ce que les Lumières ? (1784).
Mille et une nuits, 2006.

Jürgen Habermas, L'espace public. Archéologie de la
publicité comme dimension constitutive de la société
bourgeoise (1960). Paris, Payot, 1988.

Les Contemplations, Victor Hugo. Flammarion, 2008.

Alfred Jarry, Tout Ubu. Le Livre de Poche, 1962.

Insurrection à River City © Joël Douillet, 2018.
Éditeur : Books on Demand, 12/14 rond point des Champs Élysées, 75008 Paris
Imprimeur : Books on Demand, Norderstedt, Allemagne
Dépôt légal : Janvier 2019. ISBN : 9782322109296